兒童文學叢書
・藝術家系列・

生命之美

維梅爾 的祕密

嚴喆民／著

三民書局

國家圖書館出版品預行編目資料

生命之美：維梅爾的祕密 / 嚴喆民著.－－二版一刷.
－－臺北市：三民，2007
面；　公分.－－(兒童文學叢書.藝術家系列)

ISBN 978－957－14－3426－1　（精裝）

859.6

© 　生命之美
　　　　　　——維梅爾的祕密

著 作 人	嚴喆民
發 行 人	劉振強
著作財產權人	三民書局股份有限公司
發 行 所	三民書局股份有限公司
	地址　臺北市復興北路386號
	電話　(02)25006600
	郵撥帳號　0009998－5
門 市 部	(復北店) 臺北市復興北路386號
	(重南店) 臺北市重慶南路一段61號
出版日期	初版一刷　2001年4月
	二版一刷　2007年5月
編　　號	S 855711
定　　價	新臺幣貳佰肆拾元整

行政院新聞局登記證局版臺業字第○二○○號

有著作權‧不准侵害

ISBN　978-957-14-3426-1　　（精裝）

http://www.sanmin.com.tw　三民網路書店
※本書如有缺頁、破損或裝訂錯誤，請寄回本公司更換。

攜·手·同·行

孩子的童年隨著時光飛逝，我相信許多家長與關心教育的有心人，都和我有一樣的認知：時光一去不復返，藝術欣賞與文學的閱讀嗜好是金錢買不到的資產。藝術陶冶了孩子的欣賞能力，文學則反映了時代與生活的內容，也拓展了視野。有如生活中的陽光和空氣，是滋潤成長的養分。

民國 83 年，三民書局董事長劉振強先生，有心於兒童心靈的開拓，並培養兒童對藝術與文學的欣賞，因此不惜成本，規劃出版一系列以孩子為主的讀物，我有幸擔負主編重任，得以先讀為快，並且隨著作者，深入藝術殿堂。第一套全由知名作家撰寫的藝術家系列，於民國 87 年出版後，不僅受到廣大讀者的喜愛，並且還得到行政院新聞局第四屆小太陽獎和文建會年度最佳少年兒童讀物獎。

繼第一套藝術家系列：達文西、米開蘭基羅、梵谷、莫內、羅丹、高更……等大師的故事之後，歷時 3 年，第二套藝術家系列，再次編輯成書，呈現給愛書的讀者。與第一套相似，作者全是一時之選，他們不僅熱愛藝術，更關心下一代的成長。以他們專業的知識、流暢的文筆，用充滿童心童趣的心情，細述十位藝術大師的故事，也剖析了他們創作的心路歷程。用深入淺出的筆，牽引著小讀者，輕輕鬆鬆的走入了藝術大師的內在世界。

在這一套書中，有大家已經熟悉的文壇才女喻麗清，以她婉約的筆，寫了「拉斐爾」、「米勒」，以及「狄嘉」的故事，每一本都有她用心的布局，使全書充滿令人愛不釋手的魅力；喜愛在石頭上作畫的陳永秀，寫了天真可愛的「盧梭」，使人不禁也感染到盧梭的真誠性格，更忍不住想去多欣賞他的畫作；用功

1

而勤奮的戴天禾，用感性的筆寫盡了「孟克」的一生，從孟克的童年娓娓道來，讓人好像聽到了孟克在名畫中「吶喊」的聲音，深刻難忘；主修藝術的嚴喆民，則用她專業的美術知識，帶領讀者進入「拉突爾」的世界，一窺「維梅爾」的祕密；學設計的莊惠瑾更把「康丁斯基」的抽象與音樂相連，有如伴隨著音符跳動，引領讀者走入了藝術家的生活裡。

　　第一次加入為孩子們寫書的大朋友孟昌明，從小就熱愛藝術，困窘的環境使他特別珍惜每一個學習與創作的機會，他筆下的「克利」栩栩如生，彷彿也傳遞著音樂的和鳴；張燕風利用在大陸居住的十年，主修藝術史並收集古董字畫與廣告海報，她所寫的「羅特列克」，像個小巨人一樣令人疼愛，對於心智寬廣而四肢不靈的人，這是一本不可錯過的好書。

　　讀了這十本包括了義、法、荷、德、俄與挪威等國藝術大師的故事後，也許不會使考試加分，但是可能觸動了你某一根心弦，發現了某一內在的潛能。當世界越來越多元化之後，唯有閱讀，我們才能聽到彼此心弦的振盪與旋律。

　　讓我們攜手同行，走入閱讀之旅。

簡　　宛

本名簡初惠，國立臺灣師範大學畢業，曾任教仁愛國中，後留學美國，先後於康乃爾大學、伊利諾大學修讀文學與兒童文學課程。1976 年遷居北卡州，並於北卡州立大學完成教育碩士學位。

　　簡宛喜歡孩子，也喜歡旅行，雖然教育是專業，但寫作與閱讀卻是生活重心，手中的筆也不曾放下。除了散文與遊記外，也寫兒童文學，一共出版三十餘本書。曾獲中山文藝散文獎、洪建全兒童文學獎，以及海外華文著述獎。最大的心願是所有的孩子都能健康快樂的成長，並且能享受閱讀之樂。

作・者・的・話

　　當平淡無奇的某一時刻，透過藝術昇華，而產生全新的意義，成為永恆的象徵。這就是藝術偉大的地方。以繪畫藝術來說，偉大的畫總是蘊含了人生意義，能從人性出發，感動人心，令人無法忘懷。維梅爾的畫就是。

　　維梅爾是十七世紀荷蘭黃金時期的繪畫大師。荷蘭黃金時期也是荷蘭商業的全盛時期，使荷蘭日漸獨立和國力日盛，逐漸取代西班牙的海上貿易地位。荷蘭黃金時期的文化藝術中，富有和平的平民氣息。荷蘭畫派多半以平民的興趣為主題，或以即興方式的瞬間素描為主，同時形狀大小也適合掛在平民的住宅裡。

　　維梅爾擅長描繪人物在日常生活中獨處的情境，不管是讀一封信、倒牛奶，還是戴珍珠項鍊，所以他的畫中人物神態非常放鬆自然。他們的共通點是單獨在沉思。觀賞維梅爾的人物畫，會覺得彷彿不小心看到畫中人的祕密一樣。他畫中人物的動作和表情，自然流露出他們的思想和心情。

　　維梅爾藉由他的畫筆，將時間永遠的靜止在生活裡的某一刻，就像一首好詩，化平凡為不朽的藝術。看他的畫就像在讀一首詩一樣，要慢慢品味，才可讀透字裡行間暗藏的深意。維梅爾的畫溫柔婉約，色彩豐富，質感精緻，珍珠般的光輝歷歷在目。這些單獨的人物畫像可以說是歷史上最美的畫了。

　　他所畫的人像含有更深的社會象徵和文化意義。就以〈倒牛奶的女僕〉來看，維梅爾的藝術成就非凡。這幅畫的風格簡單、直接有力，就像荷蘭人的特性，大概可以說是維梅爾最有名的代表作，連後來的荷蘭名畫家梵谷都對這幅畫讚賞不已。

荷蘭畫派成為日後畫家模仿的對象。後來印象派興起，就是以荷蘭畫派為主流。荷蘭最早期的畫家，例如維梅爾，代表的歷史意義極其重大。維梅爾對光線、色彩、明暗對比呈現的特殊技巧，可稱他是一位光影大師，他可以說是印象派畫的始祖。只可惜他英年早世，未能多留下一些傳世之作。

嚴喆民

嚴 喆 民

　　在臺灣出生，初中畢業後即隨家人移居美國。在內華達大學主修電腦科學，之後在舊金山藝術學院主修美術設計，並獲得藝術學位畢業。畢業後應用電腦與美術專長，主要從事美術設計、電腦字體設計等工作。近年來專心從事編輯、中英文翻譯與出版工作。目前定居北加州灣區。

維梅爾

Jan Vermeer

1632～1675

Meer

維梅爾的鄉愁

　　維梅爾在一六三二年出生於荷蘭的一個小城——臺夫特市，一六七五年長眠於他所愛的家鄉，得年只有四十三歲。他一生的歲月大多是在家鄉臺夫特市度過的，因此他對家鄉的感情特別深厚。他僅畫過兩幅風景畫，都是畫他的家鄉。維梅爾的風景畫不是完全寫實的，還包含了他對家鄉的情感依戀。

　　在介紹維梅爾之前，我們先從他這兩幅風景畫〈街道〉和〈臺夫特風景〉，來看看他眼中的家鄉景色。

　　〈街道〉是他最吸引人的畫作之一。看著這幅畫，好像身歷其境一樣。一個寧靜祥和的早晨，公雞在遠方啼叫；有一個婦人開始忙著打掃庭院，另一個女人靜坐在門內忙著做針線；門前有兩個小孩子趴在臺階上玩耍。從這幅畫可以感受到小城寧靜的生活。我們看到街道旁邊斑駁的建築物，那些磚牆、木窗和鐵欄杆，多麼真

實。事實上維梅爾畫的建築物並不存在，而是他根據畫面需要而設計出來的。這幅畫有很多大小不規則的方塊，看起來十分複雜，但是感覺上整個構圖卻很對稱。

臺夫特的街道，1657～1658 年，油彩、畫布，
54.3×44cm，荷蘭阿姆斯特丹國立美術館藏。

另一幅〈臺夫特風景〉十分生動，不由得吸引你進入畫中的世界，跟著畫中人漫步在河畔，眺望臺夫特市的風景。在這幅畫中，維梅爾開始強調光線的重要。他用許多光點來畫水光閃爍的河水波動，陽光下閃閃發光的建築物。這幅名畫使臺夫特市享有盛名而永垂不朽。

在十六世紀的時代，真實的臺夫特市是什麼樣的城市呢？臺夫特市是荷蘭的一個小城市，市內有個大市集廣場。在東南方本來有一個聖芳濟修會，附近幾條街上居住著各種工藝匠，像是製作釀酒桶的銅匠、製作餐具的陶土師傅啦，還有木匠、水泥匠、麵包師傅、裁縫師傅、鞋匠等。他們日夜辛勤忙碌，提供臺夫特市民各種日常生活上的需要。

不幸的很，在一五七六年發生了宗教改革，聖芳濟修會被喀爾文教占領了。一五九五年，喀爾文教的領袖乾脆下令，將聖芳濟修會整個夷為平地，這塊空地從此改成臺夫特市的牲畜市集──專門買賣豬隻和羊隻的市場。

就在牲畜市集北面的街道上，維梅爾的祖父約翰一家住在那兒。約翰是一名裁縫師，整日辛勤的工作著，一五九七年就

臺夫特風景，1660～1661 年，油彩、畫布，
98.5×117.5cm，荷蘭海牙莫瑞修斯博物館藏。

從這幅畫的構圖和角度來看，維梅爾是從河堤附近的一間樓房頂樓，向外遠望臺夫特市的風景。整個畫面的上半部是布滿了雲層的天空，畫面下半部又被河流和河堤占去大部分。剩下約五分之一的面積是畫臺夫特市一部分的景色，特別強調了城市橫面的景象。

維梅爾畫這幅風景畫的時候，映畫鏡已經發明了，映畫鏡在十六世紀時主要功用是勘察地形。它就像是原始的照相機，應用鏡子反射的原理，把遠方的實景縮小，投射到玻璃或紙上，然後記錄下來。維梅爾很可能應用了映畫鏡，幫助他將風景縮小到他的畫上。

過世了。維梅爾的祖母帶著三個小孩，再嫁給克拉。克拉是一名樂師，精通多種樂器。

約翰的大兒子瑞尼爾就是維梅爾的父親。當時大多數人十幾歲就得離家去拜師學藝，但瑞尼爾到了二十歲才前往阿姆斯特丹市，拜師學習絲綢紡織。還好學紡織只要當四年學徒，如果學畫就得當六年學徒。

四年學徒生涯結束後，瑞尼爾跟迪娜小姐結婚了。不久他們就回到臺夫特市，跟父母住在牲畜市集旁邊的老家。他們結婚後只生了一個女兒葛珠。

瑞尼爾為了多一點收入，決定向聖路克藝術公會正式登記，在一六三一年成為藝術商人。同時還在大市集廣場旁邊接下一間「飛狐旅社」的經營權，一六三二年間搬到「飛狐旅社」。瑞尼爾想：「整日忙著紡織，又辛苦，賺的利潤又微薄，還是經營旅館好，輕鬆很多，況且住的環境比起牲畜市集那邊好多了。」他心裡盤算著：「以後我有能力了，可以自己買一間更大的旅館來經營，就可以賺得更多了。」

搬去「飛狐旅社」沒多久，維梅爾就出生了。不用說，瑞尼爾四十一歲才得了這麼一個兒子，寶貝得很，安排小維梅爾在新教堂舉行隆重正式的受洗禮。瑞尼爾在心裡許下願望：「感謝上帝賜給我一個兒

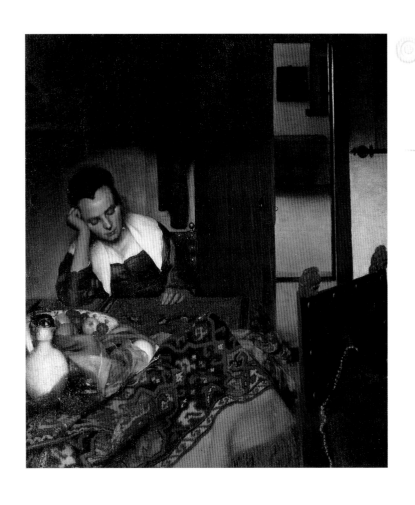

在桌邊沉睡的女孩，1657年，油彩、畫布，87.6 × 76.5cm，美國紐約大都會博物館藏。

子！我一定盡我所能來栽培他。」

小維梅爾的童年是在大市集廣場度過的。他在大市集廣場上跑來跑去，一抬頭就看到廣場東邊高高矗立的新教堂，廣場西邊則是金碧輝煌的市政府中心。小維梅爾心裡想：「這個廣場真大，整個世界是不是這麼大呢？」

廣場附近的鄰居都很喜歡他。像隔壁的修根先生，在自家樓下開了一家商店，

小維梅爾常去他的商店逛逛；再過幾家就是陶如尼斯牧師一家人，他雖不富有，但很受人們尊重；另一邊的瑞威克先生辦了一個小型學院，教年輕學生繪畫、數學等科目，小維梅爾對學院的課程感到很有興趣，也跟著學了一些。

一六四一年，瑞尼爾果然存夠錢買下「麥加倫大旅館」，裡面有七個大壁爐，非常舒適豪華。這間旅館的地點比「飛狐旅社」更好，在大市集廣場的北邊，屬於最佳黃金地段。搬去新家時，小維梅爾大約十歲。

這間大旅館吸引了當時許多上流社會人士光臨，一些有教養的知識分子和高尚的仕女。他們有的來投宿，也有的來會見外地的朋友，商談要事，交換意見。這些老顧客當中有許多畫家和收藏家，有的還是維梅爾父親的好朋友。小維梅爾把「麥加倫大旅館」當作遊戲場，四處遊走。他豎起耳朵聽大人說話，經常聽到跟繪畫有關的話題。

小維梅爾是獨生子，自然父母和大他十二歲的姐姐都非常寵愛他，總捨不得叫他幫忙做事。他們一看到他，就說：「乖，你去一邊坐著。看書、畫畫，隨便你。」

8

量秤珍珠的女人，1662～1664 年，油彩、畫布，
42.5 × 38cm，美國華盛頓國家畫廊藏。

在人來人往的旅館中，小維梅爾靜靜坐在角落，觀察那些形形色色的客人，然後拿起筆東塗西抹的畫著。「咦！小傢伙畫得還不錯。哈！這個人畫得很像啊！」有些懂藝術的顧客看到他的畫，都很稱讚他敏銳的觀察力，還主動的指導他。

小維梅爾九歲半時，已經學會了一點讀、寫。後來又在學院上繪畫、數學等基本功課。到了十三歲左右，他的父親說：「兒啊！你年紀也不小了，應該去拜師學藝了。我和你祖父都是工藝匠，你不要再走這條路，太辛苦了。你有繪畫天分，還是學畫吧！去阿姆斯特丹市，找最好的老師學畫。」

他父親不惜送寶貝兒子到很遠的阿姆斯特丹市去拜最好的老師。維梅爾知道父親的辛苦，他對父親說:「我還是留在家裡吧，可以省下大筆生活費，學費也可以省下一半，平時我還可以在旅館裡幫忙。」

「不行！」瑞尼爾堅持:「你不用擔心錢的問題，只要好好學習成為畫家就行了。」維梅爾於是硬著心腸遠離家鄉，在阿姆斯特丹努力當學徒。維梅爾全家都非常支持他學畫，即使有時候資金周轉吃緊，欠很多帳，他們仍然咬緊牙根，繼續栽培他。

漫長的六年過去，維梅爾終於當完了學徒。他利用學成回家前的機會，到各處去遊歷。

這時，他認識了一位世家小姐凱瑟瑞娜，不久就預備和她結婚。當他登門提親時，凱瑟瑞娜的母親瑪麗亞夫人態度十分冷淡，既沒有表示贊成，也沒有反對。

瑪麗亞夫人來自尊貴的世家，她看維梅爾很不順眼。她覺得維梅爾的出身低，家裡經營旅館兼賣畫，父親只不過是個小生意人。瑪麗亞夫人是虔誠的羅馬天主教徒，而維梅爾卻信仰新教。瑪麗亞心裡懊惱著:「這簡直胡鬧！這癩蝦蟆怎麼配得上我的寶貝女兒呢？根本就門不當，戶不對嘛！」她對凱瑟瑞娜說:「女兒啊，妳要看清楚了，這個維梅爾想娶妳，是不是看上我們家的財富和地位？」

「母親，我們是真心相愛的呀！我們不在乎錢，也不在乎信仰。他甚至不在乎我的年齡比他大一歲，可見維梅爾真心愛我。」凱瑟瑞娜大聲回答母親，堅持要嫁給維梅爾。

他們婚後的兩、三年，先是住在麥加倫大旅館，經濟很拮据，常常欠債。維梅爾在一六五三年加入聖路克藝術公會時，

11

戴珍珠耳環的女孩，1665 年，油彩、畫布，
45 × 40cm，荷蘭海牙莫瑞修斯博物館藏。

連會員費都交不出來，得分期好幾年才能交完。由於維梅爾作畫是慢工出細活，平均一年才畫完兩幅畫，要是只靠賣自己的畫，絕對養不活一家人，所以他決定跟他父親一樣，成為畫商，賣別人的畫來貼補家用。

　　他加入聖路克藝術公會後，認識了許多有藝術才華的同行，例如布雷莫、奧斯特、法布西斯。維梅爾很熱心事務，也很喜歡朋友，公會成了維梅爾生活的重心。他在同輩間備受推崇，當過四年的聖路克藝術公會的委員，大家都把他當作值得尊敬的老大哥看待。

　　維梅爾喜歡各種藝術，像是雕塑、玻璃器皿、音樂、戲劇表演等。但臺夫特市沒有公開的音樂活動，也沒有戲劇表演，對維梅爾這樣年輕的藝術家來說，是很難以忍受的。他會在自己或朋友家裡，開小型的私人音樂會。因為維梅爾的繼祖父是樂師，會六種樂器，從小維梅爾就在音樂的薰陶下長大。

　　維梅爾對音樂的喜愛和興趣，顯示在他許多以音樂為主題的畫作，例如〈中斷彈奏的女孩〉、〈音樂課〉和〈彈吉他的女孩〉。

中斷彈奏的女孩，1660～1661 年，油彩、畫布，
39.3×44.4cm，美國紐約福瑞克收藏館藏。

　　〈音樂課〉是維梅爾最精細的畫作之
一。畫中處處可見到維梅爾的精心安排。
從屋梁幾根到地磚的花樣、桌上的白色瓷
器、屋內的樂器，還有鏡中的倒影等，都
是他仔細思量安排的。維梅爾運用了抽象
的現代設計原理，像是幾何圖形、透視角
度。不止如此，透過他擅長描繪的光線，
這幅畫顯得真實感十足。

14

音樂課，1662～1665 年，油彩、畫布，
73.3 × 64.5cm，英國溫莎堡皇室收藏館藏。

〈彈吉他的女孩〉是維梅爾晚期的畫作。這幅美麗的畫好似在發光。他用色塊將色彩和光線融合在一起，就像女孩的臉和她穿的黃色外套，是由許多不同顏色的塊狀組合而成的，產生一種朦朧的明暗感覺。維梅爾不再強調表面的質感，他的筆法自由奔放，線條大膽，開始有抽象畫的意境。

彈吉他的女孩，1672 年，油彩、畫布，53×46.3cm，英國文化遺產。

摸索與掙扎

在一六五四到一六五五年間，臺夫特市的藝術發展到了全盛時期，全市大概有兩萬五千到三萬名居民，足夠支持各種不同類型的畫家生存，可惜過不了幾年，整個臺夫特市的藝術市場開始走下坡，只剩下陶瓷坊，仿造珍貴的中國瓷器，出產陶瓷品供應到整個荷蘭。越來越多的畫家棄這個小城而去，轉到比較有「錢」途的大都市尋找機會，但維梅爾從不動搖，寧願守著家鄉。

維梅爾最早在摸索風格的時期，畫了一幅歷史故事的油畫，叫做〈耶穌光臨瑪莉與瑪莎家〉。維梅爾為什麼會畫這一幅畫，沒有人知道。

這幅畫的主題是《聖經》裡的一段小故事。有一次耶穌來到瑪莎和瑪莉兩姐妹的家，瑪莎心急又慌亂，忙著侍候耶穌。而瑪莉只知道坐在小凳子上，專心聽耶穌講道。瑪莎生氣說:「妹子，你好不懂事，

光會坐在那裡，都不來幫我忙！」耶穌聽了告訴瑪莎：「你不要責備她。瑪莉能聽我講道是有福的，她懂得選擇有益處的，沒有人能從她那裡奪走。」

這幅畫的技巧顯得潦草、表面化，像衣服、籃子的畫法都是用很粗的筆畫平平掃過而已，遠比不上維梅爾後來的畫作。維梅爾後來繪畫技巧日益成熟，他可以很精細的畫出立體感和質感。

〈老鴇〉是維梅爾從歷史畫到情境畫的轉型作品，畫於一六五六年。這是他第一幅可以確定年代的畫。他從這幅畫開始實驗特別的繪畫技巧，試著畫出不同的質感，像是毛絨絨的黃色外套，亮晶晶的酒

老鴇，1656 年，油彩、畫布，143×130cm，德國德勒斯登繪畫館藏。

杯、酒壺，厚重溫暖的桌毯。從這幅畫中可以看出維梅爾日後的繪畫風格。

維梅爾試著描繪出當時社會真實的生活。為配合畫中人物的身分和生活背景，維梅爾採用比較精細的繪畫技巧，用平滑的筆觸來畫臉孔和服裝。他又用不同的道具來表現畫中人的生活水準：例如桌子上鋪著華麗的地毯，牆上掛著鍍金的畫框、畫和地圖，地上鋪著磚，玻璃窗鑲嵌著圖案。

在描繪他身邊的世界時，維梅爾逐漸有一個想法：「啊！這才是我想畫的。為什麼不畫我最熟悉的事物呢？」維梅爾漸漸領悟，畫他熟悉的世界才能得心應手，注入感情。

於是，我們看到維梅爾畫了他熟悉的女性，她們的動作和表情。他的畫自然流露出她們的思想和心情。看畫的人會覺得彷彿偷窺到她們的祕密一樣。不管是獨自在讀一封信、寫信，還是戴珍珠項鍊，她們沉思的神態都非常放鬆自然。維梅爾藉由他的畫筆，將時間永遠的靜止在平淡生活裡的某一刻。就像一首好詩，化平凡為永恆不朽。這些單獨的人物畫像，可以說是藝術史上最美的畫了。

維梅爾早期的人物畫〈窗前讀信的淑女〉，畫的是一位淑女正在專心讀信，好像那是她生活中最重要的一件事。我們不知道是誰寫信給她，讓她看得那麼專心。維梅爾藉著「信」為象徵，表現出這些淑女的生活。她們生活很悠閒，但也很不自由，不能隨便往外跑。「信」代表她們的心思，是她們和外界溝通的管道之一。

窗前讀信的淑女，1657 年，油彩、畫布，83×64.5 cm，德國德勒斯登繪畫館藏。

軍官與微笑的淑女，1658 年，油彩、畫布，
49.2×44.4cm，美國紐約菲利克收藏館藏。

維梅爾早期的畫有三幅是描述交際應酬的場合：〈軍官與微笑的淑女〉、〈一杯酒〉、〈一女兩男〉，它們的共通點之一是女主角手中都拿著一杯酒，酒同時也是象徵著「愛情」。
這幅畫是維梅爾最明亮的畫之一，同樣是在左邊開了一扇玻璃窗。畫面左前方是戴著一頂大黑帽的一位軍官，他的背面一大半籠罩在陰影中。相反的，這位戴白色頭巾、穿華服的淑女整個上半身都沐浴在陽光之中，面帶微笑與這位軍官交談應對，顯得表情愉快。鮮明的光線對比使軍官看起來比淑女高大很多。她的衣服和〈窗前讀信的淑女〉所穿的非常類似。這幅畫裡面掛的地圖值得一提，是維梅爾完全按照當時使用的地圖縮小比例來畫的，十足顯現他的寫實功力。

一杯酒，1658～1660 年，油彩、畫布，65×77cm，
德國柏林－達勒姆國家博物館藏。

這幅畫裡面，兩個主角
的關係顯得比較陌生、
嚴肅。

一女兩男，1659～1660 年，油彩、畫布，78 × 67cm，德國布藍茲維安東・尤瑞奇公爵博物館藏。

這幅畫中的淑女穿著華麗，手裡拿著酒杯，她轉頭正對著看畫的人，臉上充滿想笑出來的表情。她旁邊有一位紳士，彎腰鼓勵她，喝了這杯酒吧。另外一位紳士坐在一邊，似乎喝醉了。

這幅畫和〈一杯酒〉的基本構圖十分類似，場景都是在寬敞的室內空間，同樣的地磚和玻璃窗圖案，同樣在牆上只掛一幅畫。

維梅爾熟悉中上階層人物的生活，尤其是中上階層的仕女，就是像他岳母那樣有錢有閒的夫人、小姐。他十分了解這些淑女的心理，她們像是關在鳥籠裡的金絲雀，心中嚮往著自由天地，卻又眷戀著華屋美食。

　　從此維梅爾似乎找到了他的風格，畫筆中帶有感情，筆法也有自己的特色。像〈讀信的藍衣婦人〉的構圖簡化了，色彩上也有很大的簡省。

　　這一幅畫基本上是暗色調的，以藍、白、土黃色為主。連地圖的顏色都是暗土黃和暗橄欖綠。由於這些改變，畫中的人物顯得更專心一致，氣氛更寧靜了，連觀賞畫的人都可以感受到那一刻的寧靜。

讀信的藍衣婦人，1662～1664 年，油彩、畫布，46.5×39cm，荷蘭阿姆斯特丹國立美術館藏。

生活日漸安定

　　維梅爾婚後幾年，畫沒完成幾幅，孩子倒越生越多，生活擔子相當沉重。幸好後來維梅爾的丈母娘已經完全改變態度，全心接納這個女婿。她告訴女兒、女婿：「你們搬來和我一起住吧。我的房子大，你們可以住一樓。閣樓正好可以給維梅爾當畫室。」那閣樓十分空曠，除了擺兩具畫架和三塊油彩畫板，還擺得下一張很厚實的橡木書桌。維梅爾心想:「太好了！住的問題解決了。我又有閣樓畫室，小孩不會來搗亂，可以好好畫畫了。」拜岳母之賜，維梅爾生活日漸安定，沒有後顧之憂。這時期是他創作的全盛時期。

　　到了一六六五年左右，維梅爾繪畫風格已經相當成熟，很會掌握人物的一靜一動。這時期的作品有幾幅延續了「信函」的主題，像〈寫信的淑女〉、〈女主人與女僕〉、〈情書〉。

　　〈寫信的淑女〉是一位高貴的淑女，

穿著鵝黃色鑲狐皮毛邊的小外套，頭髮上
紮了很多裝飾，戴著很大顆的珍珠耳環。
她坐在一張小書桌前面，桌上擺著一串珍
珠和一些文具。她的右手握著一根沾墨羽
毛筆，彷彿正要開始動筆寫信，她忽然轉
過頭來，面對著觀賞畫的人微微一笑。

寫信的淑女，1665～1666 年，油彩、畫布，
45×39.9cm，美國華盛頓國家畫廊藏。

〈女主人與女僕〉這幅畫幾乎看不到女主人的表情，只看到她停止寫信，用左手頂著下巴，望著女僕。從女主人與女僕的互動關係和身體語言，我們可以感受到這封信帶來的驚訝、疑惑和未知數。這位女主人戴著大大的珍珠耳墜、珍珠項鍊，頭髮也用珍珠點綴。她穿著一件鵝黃色外套，極為類似前一幅〈寫信的淑女〉中的外套。這幅畫的背景特別不同，是全黑色的，這使兩個畫中人物特別明亮、突顯，有立體感。

女主人與女僕，1667～1668 年，油彩、畫布，90.2×78.7cm，美國紐約福瑞克收藏館藏。

情書，1669～1670 年，油彩、畫布，44 × 38.5cm，
荷蘭阿姆斯特丹國立美術館藏。

〈情書〉畫裡的女主人和女僕正專心討論那封信，以致完全不知道有人在觀察她們。這是維梅爾常用的構圖，藉此營造出一種祕密的氣氛，並且造成畫中人物與觀畫者的距離感。

這些淑女畫像裡，維梅爾常畫地圖、大壁爐、大理石磚、真皮燙金的壁紙，正是那時代的荷蘭有錢人家所流行的布置。他也常用精緻的服裝、髮飾，狐領外套，珍珠耳環、項鍊，樂器，來表現畫中淑女優渥的家庭背景。維梅爾常常將他實際生活裡的物件，按照他的需要畫進他的創作中，例如那件鵝黃色外套是根據他太太的衣服畫的，地圖也是以掛在他家的地圖為範本而畫。

天文學家，1668 年，油彩、畫布，50×45cm，法國巴黎羅浮宮藏。

維梅爾只有兩幅畫裡面的主角是男的，而且畫的都是有學問的人：天文學家和地理學家。
這兩幅畫是一對組合，所以它們的主題、構圖、色彩各方面都很類似。維梅爾對於書房的細
節非常注意，像書桌、書櫥、地圖等，尤其是這幅畫裡的地球儀模型，他完全按照真實模型
畫的。

地理學家，1668～1669 年，油彩、畫布，53 ×
46.6cm，德國法蘭克福史達爾德美術館藏。

生命之美

　　維梅爾除了畫那些雍容華貴的夫人、小姐，也畫樸實的勞動女性，而且更顯出他的繪畫風格，像是〈倒牛奶的女僕〉、〈握水壺的年輕女孩〉和〈編織花邊飾帶的女人〉。

編織花邊飾帶的女人，約 1669〜1670 年，油彩、畫布，24.5 × 21cm，法國巴黎羅浮宮藏。

〈倒牛奶的女僕〉風格簡單、直接有力，充滿強烈的生命力，就像荷蘭人的特性。它大概是維梅爾最有名的代表作。另一位荷蘭有名的抽象畫家梵谷，對這幅畫讚賞不已。

這幅畫的筆法大膽粗獷，色彩強烈，有黃、藍、綠、紅、白等色彩。他用白色的油彩，以很細的線條勾勒畫中女僕的背部外型，使人體顯得更立體，同時加強人物與白牆的對比。構圖上在左面開了一扇窗，來自窗戶的自然光線，使整個房間帶著一種閃閃發亮的感覺。

維梅爾如何畫出這種閃亮的質感呢？他先漆一層厚厚的白色顏料做底色，再加上一層很稀薄的顏色，使底下的白色顏料一點一點透出來，最後再加上淺色光點，增強光亮度。例如他在麵包和藍子上面加上白色、紅色光點，桌布和圍裙上加了淺藍色光點，袖口上加了紫色光點。這個繪畫技巧是他的特色。

倒牛奶的女僕，1658～1660 年，油彩、畫布，
45.5×41cm，荷蘭阿姆斯特丹國立美術館藏。

39

〈握水壺的年輕女孩〉看起來很平淡無奇，不過仔細再看，這女孩若有所思的神情，使這幅畫充滿了平靜祥和的氣氛，彷彿時間和空間都靜止在那一刻。這幅畫裡面的每一條線條、每一件物品都是經過維梅爾精心設計的，他準確的描繪出柔和的光線，給予這幅畫生命力，這幅畫的美是永恆的。

握水壺的年輕女孩，1664～1665 年，
油彩、畫布，45.7×40.6cm，美國紐
約大都會博物館藏。

40

淒慘的結束

　　正當維梅爾的藝術生命到達高峰時，他的真實生命卻悲慘的走向絕境。

　　維梅爾在一六七二年以專家身分接受聘請，前往外地鑑定十二幅義大利畫作的真偽。沒想到同一年法國十萬大軍進攻荷蘭。荷蘭人為了阻止法軍入侵，大開水壩洩洪。但在保衛國土同時，也淹沒了大片荷蘭土地，包括維梅爾岳母收租的土地。沒有了這一筆固定的租金收入，維梅爾的家用根本不夠。更慘的是，戰爭一來，沒有人要買畫了。維梅爾從此沒有再賣掉一幅畫，他只好靠借貸維持全家人的生活。

　　到了一六七五年的夏天，維梅爾想不出更好的辦法來籌措生活費。他嘆氣說：「我想我還是到阿姆斯特丹找找朋友，再去借一千銀幣回來吧。要不然孩子們怎麼辦？」就這樣，一位藝術家被生活壓得喘不過氣來，幾個月之後的十二月十五日，維梅爾就得急病死了。

女孩頭像，約 1666
～1667 年，油彩、
畫布 ， 44.5 ×
40cm，美國紐約
大都會博物館藏。

　　他的妻子哭訴:「都是這場戰爭害的，
我們沒有收入，還欠了一大筆債，家裡根
本沒有錢了！可憐的維梅爾，為了一家人
龐大的家用，急得像熱鍋上的螞蟻，本來
好好一個健康的人，沒想到得急病才隔一
天就死了。」

　　維梅爾死後埋葬在家鄉臺夫特市，留
下妻子和十一個子女，八個未成年的子女
還住在家裡。他留下大筆債務，家人景況
相當淒涼，他的妻子沒有別的辦法，只好

宣告破產。維梅爾遺留下來的畫，大多數也都賣掉還債了。

他的畫評價一直很好，拍賣的價錢也都很不錯，在大城市裡也一樣可以賣得高價。從十七世紀末開始，維梅爾的畫開始散落四方，到最後在他的家鄉連一張畫也沒有保存下來。維梅爾不但在家鄉享有名聲，死後也一直沒有被世人所遺忘。

到了十九世紀中，維梅爾去世兩百年後，印象派畫興起。印象派畫家認為有光線才會產生色彩，不同的光線會產生不同的色彩，所以他們研究光線的各種科學現象，想知道光線如何影響色彩，並且設法捕捉到畫布上。

維梅爾算是第一位研究自然光線的畫家，特別知道光和影對一幅畫的影響。他畫光線照射的閃爍感覺十分逼真。這個繪畫技巧是用少許淺色顏料，一小點一小點連續點出光線照射的部分，產生閃閃發光的視覺效果。雖然同時期的畫家也知道這個技巧，可是沒人運用得像他那麼精細、那麼天才洋溢。

維梅爾的畫於是重新引起藝術界的討論，得到大家的讚賞和最高的評價。當時法國文人柏格梭讚美維梅爾的畫：「維梅爾

戴珍珠項鍊的女人，1664年，油彩、畫布，55×45cm，德國柏林—達勒姆國家博物館藏。

畫的光線是那麼準確、自然，一點也不虛假。」他又評論說：「維梅爾捕捉光線非常精細準確，所以他畫出來的色彩顯得特別調和。」柏格梭的發現，正是維梅爾最重要的藝術特質。維梅爾可以說是印象派畫的始祖。

繪畫藝術，約 1666～1673 年，油彩、畫布，
130 × 110cm，奧地利維也納藝術史博物館藏。

維梅爾 小檔案

1632 年　出生於荷蘭臺夫特市。

1641 年　父親瑞尼爾買下「麥加倫大旅館」，開始經營。

1645 年　到阿姆斯特丹拜師學畫。

1652 年　父親瑞尼爾過世。

1653 年　和凱瑟瑞娜結婚。加入聖路克藝術公會。

1656 年　〈老鴇〉：第一幅在畫上註明年代的畫。

1660 年　一家搬去和岳母瑪麗亞夫人住在一起。

1661 年　完成油畫〈臺夫特風景〉。

1662 年　當選聖路克藝術公會理事。

1668 年　第二幅有年代的作品：〈天文學家〉。

1669 年　第三幅有年代的作品：〈地理學家〉。

1670 年　母親過世，繼承了麥加倫大旅館。

1671 年　當選聖路克藝術公會理事。

1672 年　以專家身分到外地鑑定 12 幅義大利畫的真偽。

1675 年　遠行到阿姆斯特丹市找朋友借一千銀幣。12 月 15 日得
　　　　急病過世，留下妻子和 11 個子女，還留下大筆債務，
　　　　死後淒涼。

藝術的風華
文字的靈動

2002年兒童及少年讀物類金鼎獎

第四屆人文類小太陽獎

行政院新聞局第十七、十九次推介中小學生優良課外讀物

文建會「好書大家讀」活動1998、2001年推薦

《石頭裡的巨人──米開蘭基羅傳奇》、《愛跳舞的方格子──蒙德里安的新造型》

榮獲1998年「好書大家讀」年度最佳少年兒童讀物獎

《拿著畫筆當鋤頭──農民畫家米勒》、《畫家與芭蕾舞──粉彩大師狄嘉》

榮獲2001年「好書大家讀」年度最佳少年兒童讀物獎

兒童文學叢書
藝術家系列

～ 帶領孩子親近二十位藝術巨匠的心靈點滴 ～

喬 托	達文西	米開蘭基羅	拉斐爾
拉突爾	林布蘭	維梅爾	米 勒
狄 嘉	塞 尚	羅 丹	莫 內
盧 梭	高 更	梵 谷	
孟 克	羅特列克	康丁斯基	
蒙德里安	克 利		

小太陽獎得獎評語

三民書局《兒童文學叢書・藝術家系列》，用說故事的兒童文學手法來介紹十位西洋名畫家，故事撰寫生動，饒富兒趣，筆觸情感流動，插圖及美編用心，整體感覺令人賞心悅目。一系列的書名深具創意，讓孩子們一面在欣賞藝術之美，同時也能領略文字的靈動。

兒童文學叢書

音樂家系列

沒有音樂的世界，我們失去的是夢想和希望……

每一個跳動音符的背後，到底隱藏了什麼樣的淚水和歡笑？
且看十位音樂大師，如何譜出心裡的風景……

由知名作家簡宛女士主編，邀集海內外傑出作家與音樂
工作者共同執筆。平易流暢的文字，活潑生動的插畫，
帶領小讀者們與音樂大師一同悲喜，靜靜聆聽……